연애보다 고양이

KB192274

59 THINGS YOU SHOULD KNOW ABOUT YOUR CAT

by Alison Davies, illustrated by Namasri Niumim

연애보다 고양이

당신의 고양이가 하고 싶은 말

앨리슨 데이비스 글 | 나마스리 니어밈 그림 | 김미나 옮김

59 THINGS YOU SHOULD KNOW ABOUT YOUR CAT

특별한서재

독자의 이해와 유익함을 돕기 위해 옮긴이의 보충 원고를 추가했습니다.

프롤로그

만약 당신이 사랑을 듬뿍 받는 고양이의 주인이라면 그들이 얼마만 한 기쁨을 가져다주는지 알 거예요. 온갖 우스꽝스러운 짓으로 당신을 즐겁게 해주는가 하면 힘든 상황이 닥칠 때마다 옆에 꼭 붙어 있어주는 것까지, 당신의 'BFFBest Furry Friend(최고의 털복숭이 친구)'는 고양이의 포옹만큼 완벽한 만병통치약은 없다는 걸 잘 알고 있지요. 게다가 품위의 대명사다운 고양이답게 건네는 법도 아주 근사합니다. 호기심이 넘치고 귀여운 데다 굉장히 독특한 고양이들은 마치 복슬복슬한 털로 싸인 수수께끼 같달까요. 노트북 컴퓨터 위에 떡하니 자리를 잡고 앉아 느긋하게 당신의 관심을 즐기다가도 바로 다음 순간 당신에게는 보이지도 들리지도 않고 자기들만 아는 무언가를 쫓아 순식간에 사라지죠. 내 고양이를 신경 쓰이게 하는 게 뭔지를 알아내기 위해 평생을 바친다 한들 겨우 옷깃 밑만 슬쩍 들춰보는 수준일 거예요. 그렇지만 세상 모든 고양이들이 아리송한 퍼즐 같다고 해도 고양이 애호가들에게 필요한 통찰력을 갖추기 위해 알아야 할 기본적인 것들이 있답니다.

고양이들이 하루의 대부분을 그저 고개를 끄덕거리며 보내는 것 같지만, 사실 보이지 않는 곳에서는 무수히 많은 일들이 벌어지고 있다는 사실! 몸의 각기 다른 부위를 써서 관심의 정도를 표현하거나 당신의 수다를 흉내 내는 것까지, 영리한 고양이들은 자신이 원하는 것을 얻어내기 위해서라면 어떻게 해서든 이해를 시키고 말아요. 끈질긴 설득이라면 이미 수천 년 동안 해온 일이라 익숙하거든요. 빈틈을 발견하면 어떻게 해서든 그 안으로 비집고 들어가는 놀라운 능력으로 고양이들은 못할 게 없답니다. 네 발과 발톱으로 할 수 없는 일은 귀여움으로 해치우면 되고요. 자세 잡는 법과 균형에 관한 거라면 거침없는 변덕쟁이에 매력이 넘치는 고양이에게

한 수 배울 게 있죠. 그리고 자기 관리에 안목이 있는 고양이들은 머리부터 발끝까지 가꾸는 꼼꼼한 뷰티법이 최고의 고양이가 된 듯한 기분을 느끼게 해준다는 걸 잘 알아요. 그러니 하루 종일이 걸린다 한들 그게 대수겠어요?

고양이는 경이로움으로 가득 차 있어요. 그 사랑을 당신과 함께 나누고 싶어 하지요. 당신은 '고양이 팀'의 일원이기에 가르랑거리는 소리가 가진 힘에서부터 털에서 분비되는 냄새까지 고양이에 대한 거라면 뭐든지 알아두는 게 좋아요. 이 미스터리한 생명체에 대해서는 매번 늘 새로운 발견거리가 생기거든요. 저는 당신이 이 책을 통해 고양이의 진정한 아름다움을 이해하는 데 한 발자국 더 가까이 다가갈 수 있길 바랍니다.

차례

고양이도 오른발잡이와
왼발잡이가 있어요

고양이들이 저녁 식탁 위 접시에 놓인 로스트 치킨을 슬쩍해
가거나 팔랑거리는 나비를 쫓아갈 때 더 잘 쓰는 발이 있습니
다. 이것으로 고양이의 성별을 알 수가 있어요. 수고양이들은
왼발잡이인 경우가 많은 반면 암고양이들은 오른발잡이가 대
부분이랍니다.

영국 벨파스트 퀸스대학교의 동물행동학자 데버라 웰스
Deborah Wells 박사 연구팀이 발표한 자료에 따르면 한쪽 발
을 선호하는 특성이 고양이의 스트레스나 취약점을 파악
하는 단서가 될 수 있다고 합니다. 왼발잡이 고양이는 변
덕스럽고 불안해하는 경향이 강하며 공격적인 성향을 나
타내는 데 반해 오른발잡이 고양이는 주인에게 장난을 더
많이 치며 교감을 나눈다고 하네요.

고양이는
일광욕을 좋아해요

똑똑한 고양이들은 꿈나라를 헤매는 동안 햇살이 체온이 떨어지는 것을 막고 몸을 따뜻하게 해줄 거라는 걸 잘 알아요. 그래서 햇볕을 제일 잘 쬘 수 있는 명당을 찾아 이리저리 자리를 옮기지요. 사방이 건물에 막혀 해 한 줌 들지 않는 어둡고 좁은 집이 답답하다고요? 고양이가 어디에 앉는지 잘 지켜보면 답답한 집에서도 명당을 찾을 수 있습니다.

그런데 사람과 마찬가지로 고양이들도 지나치게 오래 햇볕을 쬐다가 화상을 입을 수가 있어요. 털 색깔이 밝고 분홍 코를 가진 고양이일수록 조심해야 해요. 코와 귀 끝에 선크림을 살짝 발라주면 일광욕 중인 미묘들을 안전하게 지킬 수 있지요.

고양이들에게 일광욕은 체온 유지뿐만 아니라 항우울제 역할을 하는 행복 호르몬인 세로토닌 분비를 돕고 비타민 D를 합성하는 중요한 하루 일과입니다. 그리고 털의 살균 효과가 있어서 일부러 목욕을 시키지 않아도 털에서 잘 마른 이불 같은 향기를 폴폴 풍기게 만들어줘요. 나른한 자세로 온몸 구석구석에 닿는 햇살의 사랑을 즐기는 고양이들의 힐링법은 사람에게도 마찬가지의 효과가 있답니다.

마룻바닥에 손바닥만큼이라도 햇빛이 들면
고양이는 그곳을 귀신같이 찾아내 햇빛을 만끽한다.
- J. A. 매킨토시

고양이는
달콤한 맛을 몰라요

고양이들은 주인이 달달한 쿠키를 먹으면서 부스러기들을 떨어트리든지 말든지 관심을 두지 않아요. 사실 고양이들은 달콤한 맛을 전혀 느끼지 못하거든요. 고양이의 혀에는 맛을 감지하는 미뢰가 수백 개뿐이라 우리가 상상하는 것처럼 미식가들은 아니에요. 그런데 어째서 식사 시간마다 온갖 까탈을 있는 대로 부리는 걸까요? 그건 당신이 늘 정신을 바짝 차리고 있게 하기 위해서랍니다.

고양이는 쓴맛과 신맛에 예민합니다. 그런데 우리가 흔히 보는 포유동물 중에 단맛을 느끼지 못하는 유일한 동물이 고양이라는 사실! 가끔 주인이 먹고 있는 디저트를 나눠 달라고 떼를 쓰기도 하지만, 그건 음식의 맛이 궁금한 게 아니라 주인이 좋아하는 음식이 궁금한 거랍니다. 사랑하는 사람이 사랑하는 것은 그게 무엇이든 늘 궁금한 법이지요.

만일 고양이가 인간에게 은혜를 갚는다면
그것은 인간이 꾸준히 먹을 것을 주었기 때문이 아니라
인간이 고양이에게 가치 있는 기쁨을 주었기 때문이다.
- 제프리 하우스홀드

고양이의
뷰티케어 시크릿

아름다운 고양이들은 몸치장을 하고 자신을 가꾸는 데 하루
의 3분의 1에서 절반에 가까운 시간을 보냅니다. 언뜻 듣기에
엄청나게 오랜 시간이지요. 그렇지만 이건 허영심 때문이 아
니라 우아한 고양이의 일상적인 자기관리예요. 고양이의 몸
단장은 혈액 순환을 촉진하고 털의 온도를 낮춰주고 포식자
로부터 체취를 감춰주기도 합니다. 그리고 고양이의 혀에 있
는 돌기가 피부를 자극하면 자연적으로 기름이 분비되는데,
그루밍을 하는 동안 이것이 고양이의 털을 반질반질 윤이 나
는 멋진 털 코트로 만들어주지요.

고양이가 몸단장에 신경을 쓰지 않거나 제대로 그루밍을 하지 못한다면 고양이의 건강에 이상이 생겼다는 신호일 수 있어요. 반대로 몸의 특정 부위에 털이 빠질 정도로 너무 과하게 집중해서 그루밍을 한다면 그곳에 통증을 느끼거나 고양이가 스트레스를 받고 있다는 의미예요. 나의 삶에서 내가 0순위라면 자신을 아끼는 데 들이는 시간과 에너지가 아깝지 않아야 합니다. 자신을 돌보는 일을 게을리한다는 건 내가 얼마나 소중한 사람인지를 잊고 살고 있다는 것이거나 나의 어딘가가 병들어 있다는 증거겠죠.

이 세상에는 미적으로 완벽한 존재가 두 가지 있다.
그것은 시계와 고양이다.
– 에밀 샤르티에

자기 과시의
달인

고양이들은 자기보다 훨씬 긴 다리를 가진 기린이나 낙타처럼 느릿느릿 우아하게 걷습니다. 오른쪽 두 발을 동시에 앞으로 내딛고 왼쪽 두 발을 다시 동시에 내디디며 몸의 절반이 미끄러지듯 움직이는 섬세한 춤사위라고나 할까요. 그러니 고양이들이 늘 관심을 독차지할 수밖에 없죠.

캣워크는 원래 고양이가 다니는 통로를 부르는 말이었는데 패션쇼에서 모델들의 걸음걸이가 고양이와 비슷하다고 해서 생겨난 표현입니다. 고양이의 걷는 모습을 보면 고양이의 상태를 알 수가 있어요. 몸을 낮추고 잽싸게 걷는다면 불안하다는 의미이고, 걸음걸이가 세련된 춤동작과는 거리가 멀게 어딘가 삐거덕거린다면 다쳤거나 건강에 이상이 생겼다는 신호예요. 고양이가 도도하고 '냥'풍 당당하게 걸을수록 기분이 좋은 거랍니다. 사람들의 시선을 끄는 가장 큰 무기는 얼굴이나 몸매가 아니라 바로 어디서나 내가 주인공이라는 고양이의 자신감이죠.

작디작은 고양이만 한 걸작은 없다.
- 레오나르도 다빈치

고양이의 꿈

고양이가 낮잠을 자는 동안 25분 주기의 렘수면 상태(얕은 수면 상태 — 옮긴이 주)에서 꿈을 꾸는 것은 흔히 있는 일입니다. 다정하게 배를 간지럽히는 달콤한 꿈이든 훈제 연어가 산처럼 쌓여 있는 꿈이든 고양이가 즐거운 시간을 보내고 있다는 건 의심하지 않아도 돼요. 반면 고양이가 악몽을 꿀 때도 있지만 사람이 꼭 안아주면 그까짓 악몽쯤 물리치는 건 일도 아니지요.

사람이 잠을 잘 때의 뇌파와 고양이들이 꿈을 꿀 때의 뇌파는 비슷한데, 주로 렘수면 상태를 유지하는 고양이들이 사람보다 훨씬 더 많은 꿈을 꾼다고 합니다. 그래서 고양이들은 자면서 몸을 움찔거리거나 눈이나 발을 파르르 떨거나 야옹거리며 잠꼬대를 하는 경우가 많아요. 가끔 악몽을 꾸다 깨어나서 주인에게 달려오기도 하고요. 평소에 아무리 곁을 주지 않는 고양이라도 사람의 다정한 위로가 필요할 때가 반드시 있지요. 그때를 위해 우리는 그 옆자리를 지키고 있는 것이랍니다.

사람은 고양이의 주인이 될 수 없다.
다만 동반자가 되어주는 것이 최선이다.
- 해리 스완슨 경

고양이가
당신을 모른 척할 때

고양이들은 저만의 지혜와 변덕에 따라서 삽니다. 당신이 고양이 먹이를 손에 쥔 채 몇 시간 동안 거리를 돌아다녔다고 한들 고양이는 상관하지 않고 당신을 쌀쌀맞게 무시하죠. 당신이 집에 들어서는 소리를 듣고 목소리를 금세 알아채고 자기 이름을 부르고 있다는 것도 알지만 고양이가 그럴 기분이 아니라면 그뿐입니다. 고개조차 돌리지 않을 거예요.

고양이가 사람이 자신을 부르는 소리를 '무시'할 때에는 그만한 이유가 있습니다. 방해받고 싶지 않은 순간이라서 그런 거예요. 안 들리는 척하긴 하지만 고양이는 나름대로 '대답'을 하긴 합니다. 꼬리를 살짝 흔들거나 귀를 쫑긋거리는 것처럼 말이죠. 그러니 너무 서운해할 필요는 없어요. 마음을 열지 않았거나 도도하고 까칠해서가 아니라 굳이 사랑받기 위해 애쓰지 않을 뿐이에요.

고양이의 청각 기관은 인간의 목소리를
한쪽 귀로 듣고 다른 쪽 귀로 빠져나가게 하도록 만들어져 있다.
- 스티븐 베이커

일류 곡예사

모든 고양이들이 말도 안 되게 작은 공간에 비집고 들어갈 수 가 있는 것은 앞다리와 어깨를 이어주는 쇄골이 다른 뼈에 연 결되어 있지 않고 독립적으로 떠 있는 형태라 마음대로 움직 일 수 있기 때문입니다. 덕분에 닌자와 같은 유연성을 갖게 된 거지요. 자유자재로 부드럽게 돌아가는 척추는 각 척추골 마다 완충 작용을 하는 디스크들이 붙어 있어 탄력성을 한층 높여주지요. 당신의 눈에 세탁기 밑은 빛 한 줄기 정도의 가 느다란 틈에 불과하지만 당신의 고양이는 마치 제 집처럼 편 안하게 드나들 수 있답니다.

고양이는 좁은 틈이나 통로 안으로 발을 들여놓기 전에 수염으로 가능성을 판단합니다. 고양이의 수염 길이는 몸의 너비와 거의 일치해서 수염이 통과할 수 있는 곳이라면 얼마든지 몸을 구겨 넣을 수가 있거든요. 그래서 머리를 먼저 넣어보는 습성이 생긴 거죠. 이렇게 해서 도무지 불가능할 것 같은 곳에 싹트는 사랑처럼 고양이는 아주 작은 빈틈을 기적처럼 비집고 들어갈 수가 있는 거예요. 고양이 앞에 영원히 닫힌 문이란 없습니다.

모나리자
고양이

고양이의 눈 주위에는 몇 가닥의 털들이 드문드문 나 있지만 속눈썹은 없어요. 대신 눈을 보호하는 '순막'이라고 불리는 세 번째 눈꺼풀을 가지고 있는데, 고양이들이 눈을 깜빡거리거나 잠이 들었을 때 볼 수가 있습니다. 희끄무레한 색깔을 띠고 있는 이 막은 절대 예쁘다고 할 수는 없지만 각막의 감염을 막고 고양이의 눈을 촉촉한 최적의 상태로 유지시켜줍니다.

사람의 눈에도 '순막'이 흔적 기관으로 남아 있다고 합니다. 눈 안쪽에 반달 모양으로 생긴 작은 주름이 그것인데요, 사실 이 주름은 눈을 지지해주면서 눈 위로 떨어지는 외부 물질을 모으는 끈적끈적한 물질을 분비해 눈동자의 이동을 원활하게 해주는 역할을 합니다. 진화를 거치며 원래의 기능을 상실한 채 남아 있는 사람의 흔적 기관은 원래 180여 개에 이르렀는데 지금은 6개밖에 없다고 해요. 아무런 쓸모가 없는 것인 줄 알았는데 의학의 발전으로 연구를 해보니 나름대로 제 '기능'을 하고 있었던 거지요. 오랜 세월이 흘러 '흔적'만 남은 줄 알지만 우리에게 진짜 멈춰진 시간으로 남아 있는 건 별로 없습니다.

'금사빠'

어른 고양이들이 모여 있는 무리를 가리켜 '클라우더clowder' 라고 하는 데 반해 옹기종기 뭉쳐 있는 새끼 고양이들을 가리 켜 '킨들kindle'이라고 부릅니다('kindle'은 중세 영어 'kindelen' 에서 온 말로 '새끼를 출산하다'라는 뜻을 가지고 있다 ─ 옮긴이 주). 고양이는 비록 한날한시에 한배에서 태어난 새끼들이라 해도 아빠가 저마다 다를 수 있어요. 그래서 형제자매라고 해 도 닮은 구석이 하나도 없는 게 가능한 것이고요.

고양이는 하나의 난자에 여러 개의 정자가 착상되는 중복 임신이 가능한 동물이에요. 임신 기간이 짧고 한 번에 여러 개의 난자를 배출할 수가 있기 때문이죠. 금방 사랑에 빠지기도 하고 양다리를 걸치기도 하지만, 그 순간에 그보다 더한 진실이 어디 있겠어요.

고양이의 감정은 철저히 정직하다.
인간은 어떤 이유에서 감정을 숨기기도 하지만 고양이는 그렇지 않다.
- 어니스트 헤밍웨이

치명적인
혓바닥

고양이의 혀는 사포처럼 거칠거칠하답니다. 혓바닥 전체를 덮고 있는 미세한 가시들 때문인데 마치 갈고리처럼 먹이의 뼈에서 살점을 발라내는 걸 도와주지요. '사상유두'라고 불리는 작은 고양이 발톱 모양의 이 가시들은 사람의 손톱과 마찬가지로 케라틴 단백질로 이루어져 있어요. 입 안 가득한 손톱 맛 한번 보고 싶으신 분?

호랑이와 사자의 혀도 고양이의 혀와 같은 돌기로 덮여 있어요. 그래서 한 번 입에 문 사냥감은 놓치지 않는답니다. 고양이는 육식 동물의 야생성을 상당 부분 그대로 간직하고 있는 동물이죠. 사냥감에 대한 킬러 본능처럼 말이에요. 그래서 고양이 '길들이기'는 인류의 문명이 시작되던 그때부터 지금까지도 여전히 현재 진행형인가 봅니다.

고양이와 같이 사는 사람들은 잘 알겠지만
고양이를 소유하고 있는 사람은 아무도 없다.
- 엘런 페리 버클리

고양이의 귀는
정교한 기계예요

고양이의 양쪽 귀는 서른두 개의 근육들로 이루어진 주요 기관으로 180도 회전하며 움직일 수 있어요. 고작 여섯 개의 근육을 가진 사람의 외이와 비교해보면 고양이들이 몇 골목이나 떨어진 곳에서도 고양이 비스킷 봉지가 바스락거리는 소리를 들을 수 있다는 게 그리 놀랄 일도 아니지요.

고양이의 청력은 개의 두 배, 사람의 다섯 배에 이릅니다. 특히 고음 감지 능력이 뛰어나서 고주파 소리까지 들을 수 있어요. 새끼 고양이들은 특수 검출기로만 감지되는 음역의 소리를 낼 수 있는데 이는 길을 잃었을 때 적을 피해 어미 고양이에게만 들리게 도움을 요청하기 위해서라고 해요. 그리고 초저주파 소리까지 들을 수가 있어서 사람은 느끼지 못하는 자연 현상을 미리 알아챌 수 있죠. 평범해 보이는 고양이의 귀에 당신이 보지 못하고 듣지 못하는 세상의 일들을 들여다보는 놀라운 능력이 숨어 있어요.

내가 못 보는 것을 고양이가 본다고 느낄 때마다
온몸에 전율이 흐른다.
- 엘리너 파전

날아라 고양이

대부분의 고양이들은 아주 잽싸게 움직일 수 있습니다. 냉장
고 문이 열려 있을 때는 특히나요. 당신의 고양이도 예외는
아니에요. 약간의 동기 부여만 있으면 땀 한 방울 흘리지 않
고 가뿐하게 시속 48킬로미터의 속도를 낼 수 있는 능력자랍
니다.

고양이가 사냥을 할 때의 속도는 평균 시속 48킬로미터쯤 됩니다. 뒷다리의 속근육이 발달되어 있기 때문이지요. 이 속도로 책장 꼭대기와 싱크대 위를 아랑곳하지 않고 온 집 안을 요란하게 누비며 '우다다'를 하는 작은 슈퍼맨을 보고 있으면 야생의 세계가 그리 멀리 있는 것만은 아니라는 걸 알게 됩니다. 그 무엇으로도 '본능'을 막을 수는 없어요. 그리고 비난의 대상이 될 수도 없지요.

옛날에는 모든 고양이들이 야생이었다.
하지만 지금은 은퇴해서 사람의 집에서 살고 있다.
- 에드워드 톱셀

고양이가 종이 박스를
사랑하는 이유

최신 고양이 장난감 따위 필요없어요. 새 택배 상자가 그보다 훨씬 더 흥미롭습니다. 아늑한 골판지로 만들어진 천연 단열재인 데다 사방이 막혀 있어서 몸을 숨길 은신처로 삼기에 안성맞춤이거든요. 고양이는 그 안에 웅크리고 앉아 안도감을 느끼며 마음의 안정을 찾습니다. 그리고 사람이나 다른 고양이 불청객을 덮쳐서 깜짝 놀라게 만들 기회를 노리지요.

고양이의 유별난 박스 사랑도 야생 본능의 잔재입니다. 사냥을 하기 위해 숨어 있거나 적에게서 몸을 숨기던 습성이 남아 있는 거예요. 그래서 고양이는 좁은 박스일수록 더 집착을 합니다. 공간이 작을수록 침입할 수 있는 적의 크기도 작아지니까 더 안전하다고 느끼는 거지요. 한 연구 결과에 따르면 상자를 가진 고양이가 상자를 갖지 못한 고양이보다 스트레스를 훨씬 덜 받고 새로운 환경에 더 빨리 적응한다고 합니다. 그러니 처음 집에 온 고양이에게 간식이나 장난감보다 몸을 숨길 수 있는 상자를 선물해주면 더 도움이 되지 않을까요? 고양이에게 박스는 그저 '좋아하는 것'이 아니라 '필요한 것'이거든요.

내가 고양이를 사랑하는 건 집에 있는 시간을 즐기기 때문이다.
고양이들은 어느새 눈으로 확인할 수 있는 집의 영혼이 되어간다.
- 장 콕토

고양이가
머리를 쓰는 법

고양이가 당신을 머리로 툭툭 치는 건 당신을 쓰러트리려는
게 아니랍니다. 그건 "안녕, 잘 지내고 있어?"라는 고양이들
만의 인사법이에요. 당신의 관심을 끌려는 것이지요. 그리고
다른 고양이들이 맡을 수 있게 영역 표시로 냄새를 남기면서
공개적으로 이렇게 외치고 있는 거예요.

"나는 당신의 것이고 당신은 나의 것이에요!"

고양이의 이런 박치기를 '번팅'이라고 합니다. 고양이가 친구와 가족을 표시하는 방법으로, 물건에 소변을 보는 것보다 더 강력한 표식이라고 해요. 말하자면 '가장 믿고 사랑하는 사람'에게만 하는 애정 표현인 거죠. 사랑의 방식은 다 자기 나름입니다. 문제는 우리가 같은 마음이라는 걸 느끼고 제대로 받아들이느냐 하는 거죠.

고양이는 세상 모두가 자기를 사랑해주길 원하지 않는다.
다만 자기가 선택한 사람이 자기를 사랑해주길 바랄 뿐이다.
– 헬렌 톰슨

고양이는
긁을 것이 필요해요

맞아요, 진짜라니까요! 고양이가 무언가를 긁는 건 당신의 관심을 끌기 위한 목적도 있지만, 발톱의 성가신 바깥층을 말끔하게 정리해주기 때문에 고양이 발 관리의 필수적인 요소랍니다. 가장 좋아하는 안락의자 같은 것을 긁어서 냄새를 남기는 영역 표시를 하기도 하고 흥분한 기분을 드러내기도 해요. 다음에 당신이 문으로 들어서는데 고양이가 발톱을 세우고 달려든다면 기뻐하세요. 당신이 드디어 집에 와서 몹시 신이 났다는 뜻이니까요.

너덜너덜해진 커튼과 '냥아치'들의 발톱 자국으로 뒤덮인
소파, 시도 때도 없는 발톱 공격에 힘든 시간을 보내고 있
다면 고양이들의 발톱 갈기 본능을 만족시켜줄 스크래처
나 캣타워 구입을 고민해볼 때입니다. 우리는 다른 존재이
기에 서로를 완벽하게 이해할 수 없고, 이로 인해 상처를
받는 일은 피할 수 없어요. 그렇지만 상대방의 사랑만큼은
굳게 믿고 있다면 조금 속상한 일이 있더라도 잘 넘길 수
있습니다.

고양이는 자기가 좋아하는 것에 항상 흠집을 내어 표시를 해둔다.
- 이솝

노란 고양이의
주근깨

노란 고양이들에게서 많이 보이는 이 작은 갈색과 검은색의
반점들은 '흑자lentigo'라고 불리는 유전적 조건의 결과예요.
색소를 만들어내는 세포들이 더 많은 거죠. 이 세포들이 고양
이의 입 주위와 발바닥에 깨알 같은 점들을 퍼트리는 겁니다.

#그래서_귀여움도_두_배

피부색이 밝은 백인에게 주근깨가 더 쉽게 생기는 것처럼 털코트의 색이 옅은 고양이일수록 주근깨가 많습니다. 그리고 고양이도 나이를 먹으면 주근깨가 코에서 눈가, 귓속 등 온몸으로 퍼질 수 있어요. 그렇지만 고양이는 주근깨가 있다고 고민하지 않아요. 그게 돈 주고도 못 사는 나만의 매력 포인트라는 걸 알고 있거든요.

고양이의 코에 숨겨진
놀라운 비밀

더없이 깜찍한 고양이의 코에는 2억 개가 넘는 수용체들이 감춰져 있어요. 그래서 문제가 생겼을 때 냄새만으로 즉시 해결이 가능합니다. 캣닙 생쥐를 찾아다니거나 밤늦게까지 놀다가 집으로 돌아가는 길을 찾아야 할 때 고양이의 코는 어디로 가야 할지 이미 다 알고 있지요.

고양이 코 속의 말초신경 수는 무려 사람의 20배입니다. 그래서 500미터 밖에서도 냄새를 맡을 수 있어요. 그리고 털 색깔이 어두운 고양이일수록 냄새를 더 잘 맡는데, 이 것은 멜라닌의 농도와 후각의 발달 정도가 비례하기 때문이라고 해요. 사람보다 냄새를 잘 맡는 사람을 가리켜 '개 코'라고 하는데 이제부터는 '고양이 코'라고 불러야 하지 않을까요?

냄새가 좀 나면
어때

당신은 고약한 발 냄새가 폴폴 나는 신발이나 땀에 젖은 양말
이 마음에 들지 않을지 몰라도, 당신의 고양이들에게는 천국
이랍니다. 모든 냄새에는 저마다 비밀이 숨어 있어요. 당신이
오늘 어디를 갔었는지, 누구를 만났는지가 그 안에 다 있거든
요. 또, 이미 한배를 탄 사이니까 고양이는 좀 더 당신의 체취
와 친밀해지고 거기에 자신의 냄새를 섞어 넣고 싶어 하는 거
지요.

고양이가 주인이 입었던 옷이나 아무렇게나 벗어던진 양
말을 킁킁거리거나 현관의 신발들을 베고 자는 건 냄새가
주는 편안함 때문입니다. 아무리 호기심 많고 탐험을 좋아
하는 고양이라도 결국 제자리로 다시 돌아오게 만드는 건
역시 오래된 익숙함이죠.

사람의 뇌와 90% 유사한
고양이의 뇌

고양이의 뇌는 사람의 뇌와 똑같은 구조를 가지고 있어요. 길이로는 대략 5센티미터 정도가 더 작고 모양이 다르기는 하지만요. 한 가지 큰 차이는 소뇌가 사람보다 훨씬 크고 균형 감각과 신체 조정 능력에 집중되어 있다는 점입니다. 상식이 조금 모자란 만큼 동작과 리듬감이 만회를 해주고 있는 거죠.

고양이는 본능과 위험 감지 등을 담당하는 대뇌 변연계가 뇌의 큰 부분을 차지하고 있습니다. 오래된 기억을 담당하는 해마가 이 층에 속해 있어서 고양이는 한 번 싫어한 사람이나 음식을 아주 오래도록 기억할 수 있다고 해요. 안 좋은 기억을 되도록 오래 간직하는 게 위험을 방지하는 최선의 생존 방법이니까요. 나쁜 기억을 까맣게 잊어버리고 같은 실수를 되풀이하는 건 사람밖에 없나 봅니다.

수많은 철학자들과 고양이들을 연구해보았지만
고양이들의 지혜가 훨씬 뛰어났다.
– 이폴리트 텐

고양이는 몸길이의
여섯 배까지 점프를 할 수 있어요

고양이는 몸길이의 여섯 배 높이 — 대략 2.4미터 정도 — 에서 떨어진들 털끝 하나 상하지 않아요. 어쩌다 아찔하게 높은 곳에서 발을 헛디디는 일이 벌어져도 떨어지는 동안 착지 자세를 갖춰서 무사할 가능성이 아주 높습니다. 고양이는 몸의 무게에 비해 표면적이 커서 바닥에 부딪칠 때 충돌하는 힘을 줄일 수가 있거든요.

고양이가 착지 자세를 잡는 데 걸리는 시간은 0.5초에 불과합니다. 높은 곳에서 내려다보는 것을 좋아하는 습성 때문에 올라가는 능력과 더불어 무사히 착지하는 능력을 발달시켜 온 거죠. 올라가는 법만 알고 떨어지는 법을 모르면 살아남기 힘들어요. 그래서 '고양이의 목숨은 아홉 개'라고도 하지만 '고양이는 아무리 높은 곳에서 떨어져도 절대 죽지 않는다'는 말은 사실이 아니에요. 고양이 사고의 14%가 추락 때문이라고 하거든요.

세상에 같은 코를 가진
고양이는 없다

사람의 지문과 마찬가지로 고양이의 코도 확대경으로 들여다
봐야 보이는 작은 혹과 미세한 굴곡들로 이루어져 있어요. 그
리고 똑같은 코 무늬를 가진 고양이는 없답니다. 누가 크림을
슬쩍해 갔는지 알고 싶다면 고양이의 코를 확인해보세요.

사람의 지문 역할을 하는 고양이의 코 무늬를 '비문'이라
고 부릅니다. 이 세상에 똑같은 두 사람이 존재할 수 없는
것처럼 세상의 모든 고양이들도 다 제각각이에요. 같은
'종류'로 분류된다고 해서 같은 고양이라고 할 수 없지요.
내 고양이는 한 마리뿐이랍니다.

고양이를 모르는 사람들이 보기에는 모든 고양이들이 비슷한 존재다.
하지만 고양이 애호가들이 보기에는 모든 고양이들은 놀라울 정도로
완전히 다른 각자의 개성을 가지고 있다.
- 제니 드 브라이즈

가르랑 소리의
비밀

대부분의 고양이 소리는 공기가 성대를 통과하면서 만들어
지지만 가르랑거리는 소리는 달라요. 고양이의 가르랑거림은
성대 자체가 서로 부딪쳐 진동하면서 나는 소리예요. 깊은 곳
에서 울려 나오는 것 같은 이 소리는 고양이가 가르랑거리는
동안 안도감을 느끼고 있다는 표시지요.

고양이는 가르랑 소리를 아주 오랫동안 지속할 수 있고 나이를 먹어도 소리가 변하지 않는다고 합니다. 이 소리를 듣고 있으면 마음이 편안해진다는 이유로 프랑스에서는 소리 치료에 사용되기도 해요. 일명 '가르랑 테라피'라고 한다지요.

우리의 삶에서 고양이가 반겨주는 것만큼
가슴이 따뜻해지는 것은 별로 없다.
– 테이 호호프

오이가
무서워요

고양이들은 오이도 바나나도 그다지 좋아하지 않아요. 바나
나 껍질 안에 들어 있는 화학 물질의 냄새가 고양이에게 독이
될 수 있거든요. 무엇보다 오이와 바나나의 길쭉하고 약간 굽
은 모양새가 고양이들 눈에 거의 뱀처럼 보이기 때문입니다.

고양이의 조상은 원래 사막에서 살았다고 합니다. 그런데 그 생존 경쟁에서 가장 귀찮은 천적이 바로 모래 속에 숨어 있다가 기습 공격을 하는 뱀이었던 거지요. 그래서 고양이는 오이를 보면 소스라치게 놀라서 펄쩍 뛰어오르곤 합니다. 그 모습이 신기하다고 고양이 발꿈치 뒤에 몰래 오이를 갖다 놓는 장난은 치지 마세요. 나를 깜짝 놀라게 하는 누군가의 장난이 싫다면 나도 남에게 그런 장난을 치면 안 되겠죠. 피차 싫은 건 서로 하지 말기로 해요.

우리가 이 땅에서 고양이한테 어떻게 대해주느냐에 따라
천국에서의 지위가 달라진다.

- 로버트 A. 하인라인

고양이 하트

고양이의 심장은 사람의 심장보다 두 배나 빨리 뜁니다. 골프공 절반 정도의 작은 크기지만 아주 평온한 상태에서도 꾸준히 이 속도를 유지하지요. 건강한 고양이의 평균 심장 박동수는 1분에 140회에서 220회에 이릅니다.

'심장 박동 총량의 법칙'이라는 게 있습니다. 동물 종간의 평균 수명은 서로 다르더라도 심장 박동 수는 15억 번 정도로 거의 동일하다는 것이죠. 그러니 심장 박동 수도 호흡수도 사람보다 훨씬 높은 고양이들의 평균 수명이 그리 짧을 수밖에요. 내가 하루를 사는 동안 3일을 사는 고양이를 매일 3일치씩 더 사랑해줘야겠습니다.

고양이는 심장을 갖지 않기에는 너무 많은 영혼을 가지고 있다.
- 어니스트 매뉴얼

날름날름,
고양이의 체온 조절법

덥고 화창한 날에 고양이들은 재빨리 털을 핥아서 온도를 낮춥니다. 그리고 기온이 뚝 떨어지는 날에도 역시 털을 핥아서 서로 들러붙게 만들어 열을 가둡니다. 머리 꼭대기부터 꼬리 끝까지 뜨끈뜨끈하게 덥혀주는 단열막을 만드는 거죠.

고양이는 다른 고양이나 사람에게 그루밍을 해주기도 합니다. 이것은 어떤 목적이 있어서라기보다 사랑의 표현이에요. 영역 표시를 위해 냄새를 묻히는 것과 마찬가지로 자신의 소유라고 생각하는 것에 대한 애정을 드러내기 위해 하는 거죠. 나에게 중요한 존재에게 마음을 표현하는 일은 아무리 도도하고 무뚝뚝한 고양이라도 자연스럽게 하게 되어 있어요.

고양이
요정설妖精說

한때 사람들은 고양이의 눈이 요정들의 세계로 가는 문이라고 믿었습니다. 그들의 눈을 가만히 들여다보고 있으면 저쪽에서 나를 물끄러미 마주 보고 있는 요정의 왕이나 여왕의 시선이 얼핏 느껴질지도 몰라요. 그렇지만 미리 말씀드리건대 고양이의 눈을 오래 빤히 쳐다봐서 심기를 불편하게 만드는 건 그리 좋은 생각이 아니에요. 그러다 고양이 발이 얼굴로 날아와도 괜찮다면 상관없지만요.

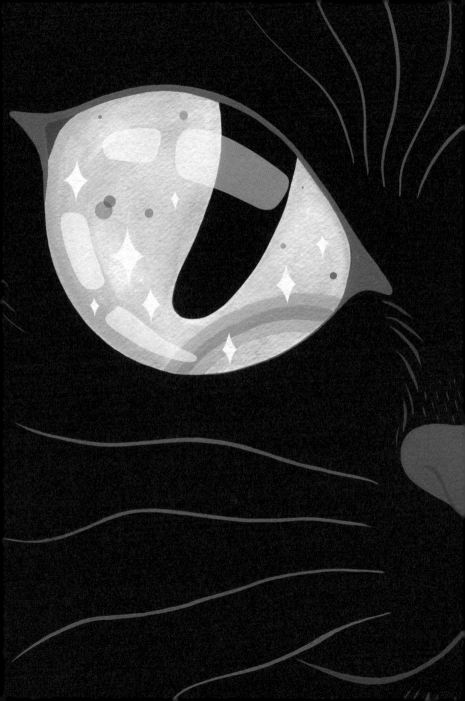

고양이는 그 어떤 동물보다 전설 속 이야기에 많이 등장합니다. 중국의 고대 전설 속 '고양이 여신'은 조물주가 땅 위의 생명들과 소통하기 위해 보낸 신의 대변자이자 신을 대신해서 밤의 악령을 막아주는 수호신이었고, 이집트 신화에 나오는 다산과 풍요의 여신 바스테트Bastet는 고양이의 얼굴을 하고 있지요. 고양이를 신비로운 동물로 여기는 게 지금도 별로 달라지지 않은 걸 보면 역시 고양이는 알면 알수록 모르는 게 더 많아지는 알쏭달쏭한 동물인 거죠.

고양이의 눈 속에는 세상 모든 것이 있다.
- 콜렛

고양이는 생각보다
훨씬 수다쟁이예요

고양이들은 백 가지도 넘는 서로 다른 소리를 자유자재로 낼
수 있습니다. 그래서 쉴 새 없이 수다를 떱니다. 어떤 고양이
들은 주인 흉내를 내기도 하고 또 어떤 고양이들은 아기 울음
소리를 따라 하기도 해요. 관심을 끌려고 말이지요.

고양이는 자신의 기분을 소리로 전달합니다. 기분이 좋을 때, 몸과 마음이 편안할 때, 인사를 건넬 때, 아쉬울 때, 흥분했을 때, 뭔가를 요구할 때 내는 소리가 다 달라요. 대신 야생 고양이들은 소리로 의사소통을 하는 경우가 거의 없습니다. 적이 들을 수도 있으니까요. 그래서 대신 몸짓이나 꼬리 모양 등을 사용합니다. 집에서 사는 고양이들이 수다쟁이인 것은 꼭 말로 해야 알아듣는 사람들 때문이지요.

개는 부르면 바로 온다.
그러나 고양이는 요구나 전달 사항이 있을 때나 온다.
- 메리 블라이

고양이와
호랑이

집고양이는 호랑이와 DNA의 95.6%가 일치합니다. 고양이의 야생성을 뒷받침해주는 부분이지요. 몸의 생김새와 구조에서부터 특정한 털 무늬, 영역을 표시하는 방법까지 고양이와 이 무시무시한 포식자 간의 공통점들이 무수히 많거든요.

뛰어난 사냥 능력을 가진 육식 동물로 독립성이 강하고 자신의 영역을 지키는 영역 동물. 고양이는 작은 호랑이라고 불려도 손색이 없습니다. 그렇지만 호랑이가 위험이 닥쳤을 때 드러누워 이빨을 드러내는 건 접근하면 공격하겠다는 경고인 반면 집고양이가 드러눕는 것은 애정의 표시랍니다. 이 '작은 맹수'가 야생성의 상징인 발톱을 얌전하게 집어넣고 나를 바라보는데 어찌 그 고백에 답하지 않을 수가 있을까요.

마당에서 산책을 하거나 벽난로 앞에서 잠을 자더라도
고양이들은 야생동물과 종이 한 장 차이이다.
- 진 버든

고양이의
사람 알레르기

고양이 털 알레르기를 가지고 있는 사람들이 있습니다. 그런데 반대로 고양이에게도 사람 알레르기가 있어요. 온종일 당신이 흘리고 다니는 각질과 더불어 비누, 탈취제, 향수의 화학 성분들이 고양이의 신경을 곤두서게 만듭니다. 그러니 푹신한 소파 위에서 몽글몽글한 고양이들과 바싹 붙어 앉아 있고 싶다면 온갖 향기 나는 것들을 포기하고 날것의 자연으로 돌아가세요.

후각이 예민한 고양이들에게 화학 성분이 첨가된 향기나 강한 냄새는 스트레스를 주고 때로는 독이 될 수도 있습니다. 구토나 호흡 곤란을 일으키기도 해요. 우리가 스트레스 해소법으로 즐겨 쓰는 아로마 오일이나 향초도 마찬가지랍니다. 그러니 사람과 고양이 사이의 거리를 좁히는 가장 좋은 방법은 온갖 '꾸밈'을 벗고 자연 그대로의 모습으로 서로를 편안하게 해주는 거예요.

고양이는 세상의 모든 것이 인간을 섬겨야 한다는
정설을 깨트리러 세상에 왔다.
- 폴 그레이

이보시게나
야옹

"안녕!" 하고 건네는 인사에서부터 "밥 줘!"라는 울부짖음까지, 고양이를 키우는 사람이라면 고양이의 야옹 소리가 가진 힘을 다 압니다. 다른 고양이들과는 고양이 말로 이야기를 나누면 되지만 이 비밀스러운 고양이 암호는 오로지 사람을 위해 만들어진 것이에요. 당신과 소통하고 원하는 것을 요구할 수 있도록 말이죠. 고양이가 행복하거나 배가 고프거나 짜증이 났을 때 모든 것은 다 '야옹' 안에 있습니다.

동물행동학에서 개는 표정과 행동으로 감정을 표현하고 사람과 소통을 합니다. 그런데 고양이에게는 고양이 '말'인 '야옹' 소리의 다양한 변주가 있습니다. 상황에 따라 내는 소리가 다 달라요. 비록 서로가 쓰는 '언어'는 달라도 관심을 가지고 관찰하면 알 수 있어요. 고양이는 아무것도 감추지 않고 늘 솔직하게 얘기하고 있거든요.

참치 중독

참치의 강한 맛과 냄새는 참기가 힘들어요. 그래서 고양이들이 다른 음식을 거부할 정도로 푹 빠지게 되는 거랍니다. 간식으로 가끔 먹는 건 괜찮지만 장기적으로 먹게 되면 주요 영양소 결핍과 수은 중독을 일으킬 수 있어요. 그러니 지금 깡통 따개로 뻗으려던 손을 그만 거두시지요.

길고양이들에게 참치캔을 주는 경우가 있는데 사람이 먹는 참치캔은 고양이에게 해로워요. 사랑하면 언제나 좋아하는 것만 주고 싶습니다. 그렇지만 좋아하는 것만 받는데 길들여지면 멈추는 법을 잊게 됩니다. 한 번 '중독'되어버리면 그다음은 사랑이 아니라 고통이 되지요.

눈키스

고양이에게 '느린 윙크'는 최고의 찬사예요. 사실 당신의 눈을 쳐다보며 천천히 눈을 깜빡일 때 고양이는 웃고 있는 거랍니다. 고양이와의 유대감을 더 단단하게 만들고 싶은가요? 고양이와 함께 종종 그들의 윙크를 따라해보세요. 고양이가 당신의 노력을 세 배로 되돌려주는 걸 보게 될 거예요.

고양이의 윙크를 '고양이 눈키스'라고 부르기도 합니다. 사냥꾼의 본능이 살아 있는 고양이의 습성상 눈을 똑바로 쳐다보는 것은 적의를 드러내는 것인 반면 눈을 감는 것은 그만큼 상대를 신뢰한다는 뜻이죠. 나의 마음을 보여주기 위해 상대의 방식을 그대로 따라 하는 게 최고의 방법일 때가 있습니다.

고양이는
색맹이에요

고양이에게 파랑이나 초록 같은 자연의 색을 구별해내는 것
은 쉬운 일이지만 번쩍거리는 핫핑크나 선홍색은 전혀 감이
오지 않아요. 보라색도 수수께끼죠. 그저 파랗게만 보이거든
요. 이것은 고양이 망막에 색을 구별하는 세포인 추상체가 부
족하기 때문이랍니다.

고양이는 색을 잘 구별하지는 못하지만 사람의 눈에 잘 보이지 않는 모기나 벌레들을 기가 막히게 찾아냅니다. 시각중추에 신호가 전달되는 횟수가 사람보다 두 배나 많아서 움직이는 물체에 반응하는 동체 시력이 아주 뛰어나거든요. 그래서 최신 유행하는 컬러에는 둔해도 당신의 작은 변화나 움직임은 금세 알아챌 수 있는 거예요.

줄무늬 고양이의
성공 스토리

지구상에 처음 등장했던 고양이 조상들 중 멋진 줄무늬를 뽐내던 고양이들이 있었습니다. 이 줄무늬 유전자는 서남아시아의 오스만제국으로 거슬러 올라갑니다. 그리고 곧 유럽과 아프리카로 퍼져나갔죠. 그리고 18세기에 집고양이로 줄무늬가 인기를 모으게 되었습니다.

조선 숙종의 총애를 듬뿍 받았던 '금손'도 줄무늬 고양이
였고 미국의 링컨 대통령과 함께 백악관에 입성했던 퍼스
트 캣 역시 줄무늬 고양이였습니다. 줄무늬 고양이의 공통
적인 특징 중 하나가 이마에 선명하게 보이는 알파벳 'M'
자 모양의 무늬입니다. 여기에는 이슬람교의 창시자인 모
하메드가 고양이의 이마에 손을 얹어서 생겼다는 설, 아기
예수가 울음을 그치지 않자 어디에선가 나타난 줄무늬 고
양이가 구유 옆에서 골골대며 자장가를 불러줘서 마리아
가 이마에 감사의 표시를 새겨줬다는 설 등 여러 가지 전
설이 전해 내려옵니다. 줄무늬 고양이는 대체적으로 사교
적이고 낙천적인 성격이에요. 사랑을 많이 받는 데에는 다
그만한 이유가 있는 거겠지요.

언제든
꾹꾹꾹

당신의 고양이가 무릎 위에서 두 발로 반죽을 밀듯 '꾹꾹이'를 할 때 고양이 스타일의 마사지를 받고 있는 거라고 생각할 수도 있습니다. 그런데 사실 이건 새끼 고양이 시절에 생겨난 독특한 행동 습관이에요. 젖의 분비를 돕기 위해 어미 고양이의 가슴팍을 두 발로 계속해서 누르던 때의 반사적인 동작을 되풀이하고 있는 거죠.

고양이가 '꾹꾹이'를 하는 대상은 엄마의 품처럼 따뜻하고 보드라운 것들입니다. 그래서 이불이나 쿠션 위에서 하기도 해요. 보통 어미와 떨어질 준비가 되지 않은 이른 시기에 분리된 고양이들이 '꾹꾹이'를 많이 한다고 하니 일종의 애정 결핍 증상이라고 볼 수도 있어요. 그렇지만 엄마에게 하던 버릇을 그대로 한다는 건 엄마와 같은 포근함과 편안함을 느끼고 있다는 것이기도 합니다. 그러니 믿으셔도 돼요. 사랑받고 있다는 걸 말입니다.

잠꾸러기
대마왕

고양이는 잠자는 시간이 결코 쓸모없는 게 아니라는 걸 알고
있어요. 낮잠 5분이 주는 이점이 생각보다 상당하거든요. 대
부분의 고양이들은 눈을 감은 채로 하루에 거의 열다섯 시간
을 보냅니다. 잠은 고양이의 에너지를 아끼고 상처가 아무는
걸 도와주지요. 한창 자라는 새끼 고양이들은 잠이 더 많아서
아홉 살이 될 때까지 눈을 뜨고 있는 시간을 다 합쳐봐야 3년
정도밖에 되지 않아요.

고양이는 하루 종일 자고 있는 것처럼 보이지만 실은 반은 깨어 있는 거나 다름없습니다. 잠의 80%가 얕은 렘수면 상태라 작은 소리에도 눈을 뜨지요. 쉽사리 잠들지 못해 괴롭거나 머릿속을 채운 고민이 잠을 쫓아 마음 복잡한 날에는 잠자는 고양이가 최고의 수면제입니다. 몽실몽실 구름 같은 고양이를 안고 있으면 따뜻한 온기와 함께 거짓말처럼 잠이 옮아 옵니다.

고양이는 우리에게 세상 모든 일에
목적이 있는 건 아니라는 것을 가르쳐주고 싶어 한다.
– 개리슨 케일러

어둠을 밝히는
눈동자

야간 투시경은 필요 없어요. 고양이는 칠흑 같은 어둠 속에서
도 대낮처럼 환히 볼 수 있습니다. 고양이 눈 속의 빛 수용체
인 간상체 덕분이지요. 또한 동공을 확장시킬 수 있어서 희미
한 빛을 끌어모아 앞을 볼 수 있을 뿐만 아니라 동그랗게 뜬
귀여운 눈동자를 만들기도 합니다.

야행성인 고양이는 달빛만 있어도 온 집 안을 소리 하나 내지 않고 돌아다닐 수 있습니다. 그런 고양이와 우연히 마주쳤을 때 깜짝 놀라는 건 사람 쪽입니다. 어둠 속에서 반짝거리는 고양이의 두 눈동자 때문인데요, 이것은 고양이의 망막 뒤에 있는 타페텀Tapetum이라는 반사판에 망막을 통과한 빛이 반사되어 보이는 것입니다. 그렇지만 무서워할 필요는 없어요. 고양이는 그 특별한 눈으로 당신의 밤을 지켜주고 있는 것이니까요.

인간에게 필요한 것들 중 하나는
당신이 밤에 집으로 돌아오지 않을 때
당신이 어디에 있는지를 알고 싶어 하는 그 누군가이다.
– 마거릿 미드

고양이는 왜 아무리 말려도
변기 물을 마실까요?

잘한다고 박수를 쳐줄 습관이 아니긴 하지만, 고양이가 변기 물을 마시는 이유는 물맛이 신선하기 때문입니다. 화장실을 사용하며 수시로 물을 내리다 보니 산소가 충분히 공급된 덕분이죠. 그리고 하루 종일 고양이 물그릇 안에 담겨 있던 물보다 훨씬 시원하기도 하고요.

더러운 변기 물을 왜 자꾸 마시느냐고 고양이를 야단치면 고양이는 이렇게 대답할 겁니다. "그건 네 생각이지." 고양이에게 변기 물은 더러운 게 아니거든요. 고양이의 고집을 꺾기 어렵다면 늘 말끔하게 변기 청소를 해두거나 고양이 취향에 딱 맞는 최신식 물그릇을 사주는 수밖에요.

고양이의 신원을 확인하기 위해 목걸이에 글을 새긴다면
"저는 고양이의 고양이입니다."가 될 것이다.
- 엘머 데이비스

고양이의
만병통치약

고양이의 가르릉 소리는 최고의 치료제랍니다. 그 비밀은 소리의 진동수에 있습니다. 25헤르츠에서 150헤르츠 사이가 가장 좋아요. 이 범위 안의 진동음을 내는 고양이들의 가르릉 소리는 골밀도를 높여서 부러진 뼈의 치료를 돕고 심장 박동 수를 안정적으로 낮춰줍니다. 그리고 좋은 소식은 사람에게도 고양이와 비슷한 효과를 낸다는 점이죠.

실제로 고양이 가르릉 소리의 주파수는 병원에서 근육과 뼈의 회복을 돕기 위해 사용하는 진동 치료 의료 기기의 주파수와 같습니다. 이 주파수로 몸이 진동하면 상처가 빨리 낫고 골밀도와 근육량을 높이는 데 도움이 되며 통증을 줄이는 진통제 역할을 한다고 해요. 가르릉거리는 고양이 옆에 있는 것만으로 치유를 받을 수 있는 거죠.

한 마리의 고양이는 또 하나를 데려오고 싶게 만든다.
– 어니스트 헤밍웨이

고양이 집사의
장수 비결

고양이 집사는 고양이의 가르릉 소리 덕분에 혈압이 낮답니다. 그리고 고양이를 쓰다듬을 때 일명 '커들 호르몬cuddle hormone'(사랑하는 상대를 껴안거나 만질 때 분비된다 — 옮긴이 주) 이라고도 불리는 옥시토신oxytocin이 분비돼서 스트레스를 받을 가능성도 적습니다. 감정의 균형을 잡고 따듯한 안정감을 갖도록 도와주는 거죠. 외로우신가요? 고양이와 친구가 되세요. 그러면 우울한 기분을 수월하게 떨쳐버릴 수 있을 거예요.

미국 미네소타 대학의 연구에 따르면 고양이 집사들이 심근경색 등 심장 질환으로 사망할 확률이 고양이를 키우지 않는 사람들보다 30% 정도 더 낮다고 합니다. 고양이의 가르릉 소리의 힘은 실로 대단하지요. 심장 박동 수를 낮춰주기도 하고 저주파 효과로 상처의 치유를 도와주기도 합니다. 그리고 감정의 소통이 가능한 고양이와 함께하는 일상이 혼자 있을 때보다 더 행복한 건 당연하겠지요.

외로운 심정은 털과 털, 피부와 피부,
또는 털과 피부가 맞닿음으로써 위로된다.
- 폴 갈리코

최고 귀염 포인트
고양이 수염

수염으로 가득한 얼굴은 고양이의 매력 포인트죠. 근육과 신경계 양쪽에 연결되어 있는 이 철사처럼 빳빳한 털들은 주변 상황을 판단하는 데 도움이 되는 정보들을 뇌로 바로 전달해 주는 직통 핫라인 역할을 합니다. 게다가 코와 입 양쪽에 좌우 대칭으로 열두 개씩 나 있는 게 얼마나 귀여운지 말도 못해요.

고양이 수염은 사람의 머리카락과 달리 고유 수용체라는 감각 기관이 분포되어 있는 주요 기관이라 절대 함부로 자르면 안 돼요. 자연스럽게 빠진 고양이 수염은 행운의 상징으로 소원을 이뤄준다고 합니다. 예쁜 것들은 굳이 더 예쁘게 만들려고 하는 것보다 그대로 놔두는 게 가장 예쁜 거예요.

모든 고양이가
캣닙을 좋아하는 건 아니에요

캣닙 냄새가 슬쩍 풍기기만 해도 고양이가 광란의 도가니에 빠지는 건 캣닙이 고양이 뇌 속의 '행복 수용체'에 영향을 미치기 때문입니다. 그렇지만 모든 고양이들이 다 그런 건 아니에요. 고양이의 3분의 1 정도는 캣닙에 반응하는 유전자가 없거든요. 흥미롭게도 캣닙을 좋아하는 고양이들은 올리브에도 비슷한 반응을 보일 수 있는데, 올리브가 캣닙과 비슷한 화합물을 함유하고 있어서라네요.

오래전 사람들은 메스꺼움이나 두통, 치통 등을 치료하는 약초로 캣닙을 사용했습니다. 순한 진정제 작용을 하기 때문이지요. 캣닙은 고양이에게 인간의 환각제와 비슷한 효과를 냅니다. 고양이가 좋아한다고 해서 너무 자주 주는 건 좋지 않아요. 중독의 우려는 낮지만 고양이가 질려서 반응도가 떨어질 수 있거든요. 무엇이든 잘 쓰면 약이 될 수 있지만 오남용은 금물이죠. 사랑도 마찬가지입니다.

꿈을 이뤄주는
고양이

가장 오래된 원전으로 꼽히는 이탈리아판 『신데렐라』 이야기
에 따르면 신데렐라가 파티에 가는 것을 도와준 마음씨 고운
요정 대모가 실은 고양이랍니다! 증거를 대보라고요? 고양이
처럼 진정 마법 같은 신비로운 존재를 본 적이 있나요?

고양이는 밖에 내보내면 안으로 들어오고 싶어 하고
안에 들이면 밖으로 나가고 싶어 한다.
두 가지를 동시에 하고 싶어 할 때도 종종 있다.
– 루이스 F. 카뮬티

변장한 마녀

'그리멀킨grimalkin'은 늙은 암고양이를 뜻하는 고어입니다. 기분 나쁘게 찌푸린 얼굴을 연상시켜서 고양이를 악의적으로 표현하는 데 사용되었죠. 게다가 '사악한 여자'를 지칭하는 '멀킨malkin'이라는 말이 들어가 있어 고양이와 마녀가 관련이 있음을 암시하고 있기도 합니다. 한때 사람들은 마녀와 고양이가 한통속이라고 여기기도 했죠!

고양이가 본격적으로 박해를 받았던 것은 중세 말기입니다. 교황청은 고양이를 악마의 분신으로 규정하고 고양이를 키우는 사람까지 처벌할 수 있도록 했습니다. 그래서 흑사병, 백 년 전쟁, 십자군 전쟁 등에 시달리던 암흑의 시기에 마녀사냥과 함께 애꿎은 수많은 고양이들이 희생되었죠. 부정적인 것이든 긍정적인 것이든 선입관이 이렇게 무섭습니다. 나와는 다른 존재에 대해 제대로 알려면 머리를 굴릴 게 아니라 일상에서 몸으로 부딪치는 게 답입니다.

고양이를 싫어하는 사람을 조심하라.
- 아일랜드 속담

오르긴 쉬워도
내려오는 건 힘들어

나무를 타고 오르는 고양이의 몸놀림은 더없이 날렵하고 우
아하지만 아래로 내려올 때는 엉덩이를 밑으로 한 채 나무둥
치를 꽉 움켜잡고 발을 질질 끌듯 천천히 옮겨 놓습니다. 이
어설픈 하강은 아래쪽으로 굽은 고양이의 발톱 모양 때문이
에요. 그래서 거꾸로 매달리는 게 불가능한 거랍니다.

앞다리 폭을 자유자재로 조절할 수 있고 발톱이 날카로운 고양이는 나무둥치를 붙잡고 위로 올라가기에 최적화된 신체 구조를 가지고 있습니다. 그런데 내려올 때는 얘기가 달라집니다. 호기심에 높은 나무 위에 올라갔다가 갇혀서 몇 날 며칠을 울다 결국 119에 구조되는 고양이 이야기를 심심치 않게 들을 수 있죠. 위로 올라갈 때는 세상에서 가장 찬란한 모습이지만 후퇴할 때가 되면 서툴러지는 건 누구나 마찬가지랍니다.

만약 고양이가 나무에서 떨어지면 집 안에 들어가서 웃어라.
- 퍼트리샤 히치콕

속마음의
안테나

고양이 수염은 공기 중의 미묘한 변화의 기운을 감지해내고 어둠 속에서 길을 더듬어 나아가는 걸 도와줍니다. 이와 더불어 고양이의 기분을 바로바로 알려주는 지표이기도 합니다. 몸과 마음이 편안하고 행복한 고양이는 수염이 밑으로 늘어지듯 펼쳐져 있습니다. 반면에 흥분해서 서성대는 고양이의 수염은 항상 앞쪽으로 쭉 뻗어 있지요.

고양이의 수염은 얼굴에만 있는 게 아니라 다리와 발에도 있습니다. 이렇게 서로 다른 부위에 있는 수염은 조금씩 역할이 달라요. 발에 난 수염은 바닥의 진동을 감지해서 장애물을 피하고 사냥감의 움직임을 탐지하는 데 도움을 줍니다. 고양이는 그야말로 온몸에 센서를 달고 있는 셈이에요. 고양이에게도 사람에게도 참 훌륭한 쓸모가 있는 수염이지요. 포커페이스처럼 보이는 고양이여도 수염을 속일 수는 없답니다. 속마음을 들킬 수밖에요.

사막에서
살아남는 법

고양이의 조상을 보면 생존 기술 면에서 언제나 한 수 앞서
갈 수밖에 없는 게 이해가 가요. 원래 사막에서 살던 동물이
라 고온에도 잘 견딘답니다. 수분을 최대한 아끼기 위해 발바
닥으로만 땀을 흘리고 날고기만 먹고도 충분히 살 수 있어요.
(슈퍼마켓에 고양이들의 최애 브랜드 먹이들이 다 동이 났을 경우
에 말이지만요.)

고양이의 조상은 척박한 환경에서 살아남기 위해 적은 양의 먹이로 살 수 있도록 작은 몸집을 유지하고, 협동해서 사냥할 큰 사냥감이 적기에 저마다의 사냥 구역을 확보했습니다. 그리고 한낮의 태양을 피해 밤에 활동하게 되었죠. 고양이가 목욕을 싫어하고 물과 상극인 이유도 사막에서 살았던 조상 탓이라는 얘기가 있습니다. 고양이 조상의 흔적이 기록된 거의 만 년 전부터 지금까지 고양이는 스스로 살아남는 법을 터득했고 지금도 혼자 살아남기에 충분해요. 극복하고 거스르는 것보다 순응하고 적응하는 법을 배우는 게 생존에 더 나을 때도 있습니다. 거기에 고양이만 한 모범 답안이 있을까요.

엉덩이로
헬로

난데없이 얼굴에 엉덩이를 들이미는 것이 우리에겐 재미와
거리가 먼 얘기일지 몰라도 고양이가 엉덩이를 내미는 건 고
양이식 악수를 청하는 거랍니다. 고양이는 엉덩이에 냄새를
분비하는 향선을 가지고 있어서 서로의 엉덩이 냄새를 맡으
면서 인사를 하거든요.

고양이가 엉덩이를 내밀며 냄새를 묻히려는 것은 친근함의 표현이자 상대가 '내 것'이라는 표시입니다. 그리고 사람과 마찬가지로 지켜주고 싶은 대상을 등 뒤로 숨겨서 보호하려는 것이기도 합니다. 고양이는 자신이 온전히 믿는 상대가 아니고서는 등과 엉덩이를 보여주지 않아요. 공격당하기 쉬운 약점을 고스란히 드러내는 것보다 더한 신뢰의 증거는 없겠지요.

고양이와
우유

우유 잔은 크림 접시와 더불어 고양이가 가장 좋아하는 간식처럼 보이지만 먹으면 배탈이 나는 게 정해진 수순입니다. 새끼 고양이들은 우유의 소화를 돕는 장내 효소가 있어 괜찮지만 어른 고양이들은 유당불내증이 있어서 물만 마시는 게 좋아요.

유당을 분해하는 락테이스라는 소화 효소가 부족하면 우유를 마셨을 때 설사와 구토를 일으킵니다. 고양이뿐 아니라 사람도 마찬가지예요. 만화 영화를 보면 우유를 맛있게 먹는 고양이들이 자주 나오지만 만화는 만화일 뿐. 우유, 포도, 커피, 알코올, 초콜릿처럼 사람이 좋아하는 건 사람만 먹기로 해요.

고양이 발가락은
몇 개?

일반적으로 고양이는 앞발에 각 다섯 개, 뒷발에 각 네 개의 발가락들을 가지고 있습니다. 그런데 어떤 운 좋은 고양이들은 발가락을 각각 여덟 개씩 갖고 태어나기도 해요. 언뜻 듣기에 너무 많다 싶을지도 모르지만 긁고 잡고 노는 것을 좋아하는 고양이에게는 더없이 '복냥이'스러운 행운이지요.

고양이는 그루밍을 하고 먹이를 사냥하고 몸의 균형을 잡을 때 앞발을 주로 사용합니다. 그래서 뒷발보다 앞발이 더 섬세하게 움직이도록 발달했고 앞발에 발가락 개수가 더 많은 거예요. 일명 '핑크 젤리'로 불리는 부드럽고 말랑말랑한 고양이의 발바닥은 높은 곳에서 뛰어내릴 때 발을 보호해주고, 침을 묻혀서 그루밍을 할 때 브러시처럼 쓰기도 하고, 땀샘이 있어 영역 표시에 사용하는 등 다양한 쓰임새를 가지고 있습니다. 하지만 그중에서도 고양이 집사의 정신 건강에 가장 강력한 역할을 한답니다. 고양이의 발바닥을 조물조물 만지다 보면 하루의 스트레스가 싸악 달아나거든요.

고양이가 무슨 생각을 하는지 알고 싶으면
고양이의 발을 한참 동안 잡고 있어보라.

- 쥘 샹플뢰리

폭풍의 냄새

고양이의 이 놀라운 감지력은 극도로 민감한 청력과 예민한 후각에 기인한 것입니다. 수리수리 마수리 마법의 수정공이 아니라요! 고양이들은 아주 미묘한 대기 변화를 알아채고 비 냄새를 맡을 수가 있어요. 천둥소리는 엄청나게 먼 거리에서 도 들을 수가 있는데, 대개 번개가 칠 때 생성되는 오존 가스 냄새를 동반하기 때문이에요.

막 잠에서 깼는데 어쩐지 눈꺼풀이 유난히 무겁고 평소보다 몸을 일으키는 것이 힘들다면, 밖에 비가 내리고 있을 확률이 높습니다. 자연의 세계에서는 비가 오는 날 야외 활동의 효율성이 떨어져서 에너지를 아끼기 위해 본능적으로 졸리기 때문이죠. 그래서 고양이도 비가 오는 날은 축 늘어져서 잠만 자는 경우가 많아요. 이불 밖은 위험한 비바람이 몰아치는 날, 따뜻한 고양이와 하루 종일 비비적거리며 보낼 수 있다면 하와이가 부럽지 않아요.

우리가 고양이를 우상으로 떠받드는 이유는
이들이 우리보다 한 수 앞서는 데 능숙하기 때문이다.
고양이들은 무슨 일을 하거나 하는 척해도 항상 우리 위에 있는 것 같다.
- 바바라 웹스터

스스로 운명을 선택한
고양이

점점 더 많은 사람들이 토지를 경작하고 곡식 창고들이 여기 저기 생기면서 쥐와 같은 유해 동물도 덩달아 늘어갔어요. 고양이들은 이 기회를 놓치지 않고 농부의 친구가 되어 손해를 입히는 쥐들을 제압하고 우리의 집과 마음 한편에 당당히 보금자리를 틀었죠. 동시에 실컷 포식도 즐기면서요.

개와 소가 가축이 된 것은 인간의 선택이었지만 고양이가 인간과 함께 살게 된 것은 순전히 고양이의 선택이었습니다. 말하자면 스스로 인간의 동반자가 되려고 인간에게 접근한 것이죠. 바깥 환경이 혹독해지면 다른 동물들은 숨지만 고양이는 사람에게 구조를 요청하기도 합니다. 그렇지만 고양이는 다른 가축들과 달리 인간과 함께 살기는 해도 인간에게 의존적이지 않고 통제에 복종하지도 않으면서 수천 년이 넘게 데면데면한 사이로 지내 왔어요. 그러다가 지금은 인간의 가장 큰 사랑을 받는, 아니 인간이 사랑을 받기 위해 애써야 하는 존재가 되었죠.

**고양이가 사람의 친구가 되어주는 것은 꼭 그래야만 하기 때문이 아니라
그들이 좋아서 그렇게 하는 것이다.**
- 칼 뱅 베흐텐

매력 포인트
출렁살

고양이의 통통한 배는 건강에 해로운 게 아닙니다. 지나친 과
체중은 심장과 폐에 무리를 주지만 약간의 지방은 싸움에 유
리한 조건을 만들어주거든요. 주요 장기들을 보호하면서 먹
이를 비축할 여유 공간을 주고, 싸우다 잽싸게 달아나야 할 때
에도 배를 앞으로 길게 늘이면 속도와 유연성이 배가됩니다.

아래로 축 늘어진 고양이의 배는 원시주머니라고 불리는
데, 눈으로만 봐서는 비만인지 아닌지 알 수가 없습니다.
살짝 힘을 줘서 만졌을 때 갈비뼈가 만져지면 정상이에요.
무엇이든 어떤 눈으로 보느냐에 따라 달리 보이는 법이지
요. 사랑스러운 원시주머니가 될지 미운 출렁살이 될지는
마음이 결정합니다.

선물의 취향

당신이 최고의 선물로 죽은 쥐를 고를 일은 없겠지만 고양이의 선물로는 이보다 더 완벽할 수 없습니다. 야생에서 어미 고양이는 사냥 기술을 가르치며 새끼들을 돌보지요. 그래서 고양이는 가족의 일원인 당신에게 살아남는 법을 보여주고 맛있는 저녁거리를 가져다주는 것이 자신의 몫이라고 생각하는 겁니다.

작은 새나 벌레, 쥐와 같은 선물을 고양이가 내놓는 것은 사냥 능력이 빵점인 인간을 걱정한 배려예요. 만일 이 선물이 반쯤 살아 있는 상태라면 인간에게 사냥 기술을 훈련시키기 위한 목적일 수 있어요. 이 고약한 취향의 선물은 1만 년이라는 긴 시간이 흐른 다음에도 고양이가 여전히 야생성을 유지하고 있다는 증거입니다.

태초에 신이 인간을 창조했으나
너무나 맥없이 있기에 고양이를 선물했다.
- 워렌 엑스타인

한때 신이었던
고양이

고대 이집트인들은 열광적인 고양이 애호가들이었습니다. 고양이 머리를 한 여신인 바스테트를 숭배했을 뿐만 아니라 사랑하는 고양이가 죽으면 조의를 표하기 위해 온 가족이 눈썹을 밀기도 했어요. 그리고 고양이들을 보통 미라로 만들어 사후 세계의 길동무로 방부 처리가 된 쥐와 함께 매장하곤 했습니다.

고대 이집트에서는 집에서 기르는 고양이를 여신 바스테트의 후손이라 믿었기에 존경심을 가지고 대했습니다. 고양이를 다치게 하거나 죽이는 것을 법으로 금지했고 2천 년 전 만들어진 진주 목걸이를 한 고양이들이 묻힌 묘지가 발견되기도 했죠. 이렇게 고양이를 반신반인 또는 신성한 존재라고 여겼던 것은 보호심이 강한 동시에 독립적이고 도도하며 자비심 없는 고양이의 특성이 신과 가장 닮았기 때문이라고 합니다.

개들은 자기네들이 사람인 줄 안다.
고양이들은 자기네들이 신인 줄 안다.
- 작자 미상

발톱을 깨무는
습관

약간의 발톱 관리 차원에서 이따금 발톱을 잘근잘근 씹는 건 괜찮아요. 그렇지만 고양이가 제 발톱을 노상 우적거리고 있다면 거기에는 다른 이유가 있을지도 몰라요. 고양이도 사람처럼 지루함을 느끼거나 심한 불안감에 시달릴 때 이런 습관이 생길 수 있다고 하니 지속적으로 고양이에게 안도감을 주고 같이 놀아주면 괜찮아질 거예요.

집 고양이는 나무를 타거나 거친 바닥 위를 달리며 발톱이 자연스럽게 마모될 기회가 적기 때문에 날카로운 발톱이 너무 길게 자랄 위험이 있습니다. 그런데 야성이 넘치는 고양이가 제일 싫어하는 게 바로 누가 자신의 발을 만지는 것이에요. 신체의 필수 부위인 데다 감각이 아주 예민하거든요. 그렇다고 발톱을 아예 제거할 수는 없어요. 많은 유럽 국가와 미국 등에서는 고양이 학대라는 이유로 고양이의 발톱 제거 수술이 금지되어 있습니다. 그러니 정기적으로 발톱을 깎아줄 수밖에요.

사람=털 없는 고양이

고양이는 다른 고양이에게 하는 것과 마찬가지로 우리에게 몸을 비비며 접근합니다. 서로 다른 종을 구분하지 못하기 때문이죠. 다행인 것은 우리를 자신들보다 열등한 종으로 여기지는 않는다는 겁니다. 당신에게 코를 비비거나 훑듯이 몸을 스치고 지나가는 것으로 존중을 드러내고 뒹굴며 배를 드러내며 신뢰를 표시하는 것이죠.

고양이는 자신에게 관심이 없는 사람을 좋아합니다. 어쩌다가도 눈길 한 번 주지 않는 사람에게 굳이 다가가 아는 척을 하는 게 고양이예요. 그렇지만 제 의사와 상관없이 함부로 만지거나 안으면 냉큼 할퀴고 달아나요. 아무리 사랑하는 주인이라도 마찬가지예요. 사랑받는 게 당연해진 자만도 아니고 당신을 낮춰 보아 그런 것도 아니랍니다. 그저 그 순간 마음이 그렇다는 거예요.

꼬리의 고백
"아이 러브 유."

고양이 꼬리의 위치를 보면 속마음을 알 수 있습니다. 한껏 느긋한 기분일 때 고양이는 꼬리를 공중으로 치켜들고 있습니다. 같은 위치에서 꼬리 끝을 구부린 채 부르르 떠는 건 온 힘을 다해 '아이 러브 유'라고 고백하고 있는 거예요. 만약 꼬리를 '가볍게 부르르'가 아니라 세차게 탁탁 내려치고 있다면 화가 났다는 뜻이에요. 고양이 꼬리가 두 배로 바짝 부풀어 올랐을 때는 펄쩍 뛰어오르기 직전이라는 의미이고요. 깜짝 놀랐거나 겁을 먹었거나 불안하거나 기분이 아주 좋을 때 모두 말이죠.

고양이의 꼬리는 기분이 좋지 않을수록 점점 아래로 내려갑니다. 그러다 좌우로 살랑살랑 천천히 흔들 때가 있어요. 보통 개들은 기분이 좋거나 반가움의 표시로 이렇게 꼬리를 흔들지만 고양이는 다릅니다. 이때 고양이는 뭔가를 집중해서 관찰하며 상황을 파악 중인 거예요. 다시 말해서 "섣불리 다가오면 공격할 거예요."라는 신호인 거죠. 상대를 제대로 이해하기 위해서는 상대의 언어를 배워야 합니다. 책으로 배울 수 없는 언어를 배우는 법은 인내심을 가지고 지켜보는 것뿐이에요.

고양이는 한 사람을 자기가 감당하기 힘들 정도로 사랑한다.
하지만 그들은 너무나 지혜롭기 때문에
그것을 밖으로 완전히 드러내지 않는다.
- 메리 E. 윌킨스 프리맨

옮긴이의 글

어렸을 때 제 최애 TV 프로그램은 〈톰과 제리〉였습니다. 톰
처럼 고양이가 주인공인 만화들이 꽤 있죠. 저는 한 번도 고
양이를 키워본 적이 없어서 고양이에 대한 지식이라고는 우
유와 생선을 좋아하고 털실뭉치를 가지고 노는 미디어 속 고
양이 친구들이 보여준 게 다였습니다.

　　그런데 이 책을 번역하다 보니 놀랄 만치 잘못 알려진 것
들이 많더라고요. 고양이는 우유를 먹으면 설사를 하고, 털실
뭉치는 고양이의 입과 혀의 구조상 삼키기가 쉬워서 심각한
문제를 일으키니까 절대 가지고 놀게 두면 안 된다는 것처럼
말이에요. 길고양이들을 위해 참치 캔을 따서 놓아주는 사람

들은 기름기와 염분이 고양이에게 좋지 않다는 것을 알고 있을까요? 그런데 이런 건 삼단 케이크 위에 얹어진 체리 한 조각에 불과해요.

이 책을 읽어갈수록 양파 껍질이 하나씩 벗겨지듯 알쏭달쏭 수수께끼 같기만 하던 고양이의 실체에 한 발자국씩 다가서는 기분이 들 겁니다. 고양이에 대해 조금이라도 궁금한 이들이라면 이만한 호기심 해결사가 없어요. 이미 집사의 길을 걷고 있는 이들에게는 '고양이 말' 이해 등급을 월등히 높여주는 참고서로, 집사 꿈나무에게는 훌륭한 선행학습서(?)가 되어줄 거예요.

아, 그런데 역효과가 좀 있긴 합니다. 고양이의 신비에 대해 많은 걸 알게 되어서 좀 덜 신비해진다는 것? 그리고 '고양이 집사'가 되는 것은 생각도 해보지 않았던 이들이 고양이와 깊은 사랑에 빠지게 될 가능성도 높습니다. 사랑이란 상대를 앎으로 하여 시작되고, 더 알게 되는 만큼 깊어지는 거거든요.

김미나

옮긴이 **김미나**

여의도에서 방송 구성 작가로, 뉴욕 맨해튼에서 잡지사 에디터로 일했다.
그리고 번역과 글쓰기를 하고 있다. 쓴 책으로는 『눈을 맞추다』『쇼호스
트 엄마와 쌍둥이 자매의 브랜드 인문학』이 있으며, 『더 크게 소리쳐!』와
파울로 코엘료의 『마법의 순간』, 『달라이 라마의 행복』 등을 번역했다.

연애보다 고양이

ⓒ앨리슨 데이비스, 나마스리 니어밈, 2023

초판 1쇄 인쇄일 | 2023년 6월 27일
초판 1쇄 발행일 | 2023년 7월 11일

지은이 | 앨리슨 데이비스
그린이 | 나마스리 니어밈
옮긴이 | 김미나
펴낸이 | 사태희
편　집 | 최민혜
디자인 | 홍성권
마케팅 | 장민영
제　작 | 이승욱 이대성

펴낸곳 | (주)특별한서재
출판등록 | 제2018-000085호
주 소 | 08505 서울특별시 금천구 가산디지털2로 101 한라원앤원타워 B동 1503호
전 화 | 02-3273-7878
팩 스 | 0505-832-0042
e-mail | specialbooks@naver.com
ISBN | 979-11-6703-083-2 (03840)